砂柱

Sachu

Ishiyama Yoshie

石山ヨシエ句集

ふらんす堂

砂柱／目次

句集　砂柱

あかあかと

二〇一一～二〇一六年

あかあかと砂丘へつづく恵方道

雪眼鏡はづしこの世の白さ言ふ

翔ぶものへ湖心を残し凍結す

大寒の身を離れざる静電気

寒行へ闇を抜けゆく跫音かな

逆しまに吊され裂かれ狩の鹿

雪解の一気にすすむ母の死後

阿蘇連峰山焼の炎と白煙と

瀬戸大橋渡りきつたる霞かな

駝鳥の首伸びきつてゐる桜東風

屯する少年に濃し春夕焼

放哉忌狂ふほどには燃えぬ火よ

花吹雪水車今にも廻りさう

鷹夫忌の白極まりぬ梨の花

春の鴨さざなみと化し遠ざかる

薔薇を剪る寸前電話鳴りにけり

中空に漁船の消ゆる夏霞

降りしきる雨の重みを山法師

青歯朶に帽子をあづけ水掬ふ

手術せしまなこに滲む白菖蒲

空と海闇をひとつに烏賊釣火

速度百キロ万緑を抜けきれず

落日のひかりを撥ねてあめんばう

拳もて蜘蛛の囲を突く虚空突く

執着を蛍袋に捨てて去る

みじろがぬ蜥蜴の舌のよく動く

滝の奥さらに滝あり響き合ふ

炎昼の砂丘歩めば浮遊めく

サングラス外し風紋たしかむる

鉄砲百合崖にせり出し海荒るる

油蟬ぶつかつて来る朝かな

睡蓮の残りの一花空にあづく

宵山の華やぐ駅を後にせり

断崖を落ち立秋の水匂ふ

夕かなかな呼びとめられてゐるやうな
とんばうの視野に不思議な私ゐて

束縛と自由のはざま千草摘む

葛の花わが真上にも真下にも

足首のすつぽり嵌り真葛原

砂丘ゆく胸の高さを赤蜻蛉

秋の浜わが足跡と巡りあふ

雲に入る月はひかりを強めけり

芒原抜けてくぐもる水の音

二千年の杉を離れず秋の蝶

山国の真闇に晒す鶏頭花
日輪をまともに白き曼珠沙華

亀虫の紛れてゐたり屋形船

黒猫の一跳びに消ゆ秋桜

潮風やまだ雫なす烏賊襖

秋雲の尾より瀑布のはじまれり

篝火のつぎつぎと爆ぜ後の月

耳つんと鵙の鋭声を聞きしより

一条の滝をけぶらし秋の雨

水木しげるロード

つきまとふ彼の妖怪と秋の風

花辣韮遠のくほどに濃くなりぬ

鉄塔を拠点としたり稲雀

ひとしきり混迷の世へ銀杏散る

暮れ際の宙ぶらりなる烏瓜

立冬や草庵少し開けてあり

鋼鉄の火花飛び散る神の留守

一族の墓地に蛙の冬眠す

ひとところ雲の留まる風邪心地

玻璃といふ檻に高値の松葉蟹

歳晩の炎と水を荒遣ひ

一花

二〇一七年

言の葉に力の満つる野焼かな

白昼の風なほ硬し白木蓮

思ひ通りの色に春菜の茹で上がる

木の芽風捉へ生家の墓しまふ

アカシアの花に透けたる遠砂丘

薄目して蟻螻の中どこまでも

存分にらつきようを漬け入院す

入院の荷に剪りたての薔薇一花

開腹の麻酔より覚む涼しさよ

卵巣を神へ返しぬみどりの夜

病窓や使者とし舞へる梅雨の鳶

顔洗ふ手にも力や半夏生

病軀とふ夏痩にしてはばからず

病廊の迷路に嵌り七月来

ナースみな因幡訛や夏旺ん

午前零時の夏満月をベッドより

ひところ願ひ混み合ふ星祭

病窓より秋燕として解かれたる

病経てすこし素直に朝の月
ため息の出自を問へば吾亦紅

歩かねばみな遠ざかる秋の暮

水しぶき激し黄落なほ烈し

こんなにも冬の泉のやはらかき

大《たい》雪《せつ》や肩の擦れ合ふ魚市場

孵化によき羽毛布団をかぶりけり

水鳥の羽搏く音のつきまとふ

丹頂の疑ひ深き一歩かな

その中に諍ふ鶴のゐる平和

砂柱

二〇一八年

音もなく砂の流るる初茜

寒暁の光砂柱に及びけり

足跡は楔に似たり寒砂丘

寒月光遮るもののなかりけり

薄《うす》氷《ごおり》遊びのやうに今日を生き
雄猿と目の合ふ桜吹雪かな

山藤の明日へ継ぐごと懸りけり

リラ冷や身ぬちのどこか痺れゐて

春落葉記憶の渦にとどこほり
束ねたるカラーたちまち発光す

砂を這ふ浜昼顔もわたくしも

噎びつつ辣韮の根を切り落とす

ちんまりと狸が径に梅雨深む

一瞬に砂丘消えたる驟雨かな

睡蓮へ山の冷気の及びけり

釣人の潜んでゐたり合歓の花

空耳に渓の水音熱帯夜

炎天に晒し無数の集魚灯

ひぐらしの領域に入り折り返す

あまたなる翅を引き寄せ蕎麦の花

畦を染め幻想を染め曼珠沙華

一瞬に鳥の樹となり秋夕焼

もつれ合ひ水音に消ゆ秋の蝶

約束のやうに手渡すラ・フランス

鰡跳んで素顔のわたし驚かす

われのみに聞こえてゐたりけらつつき

潮騒や花辣韮の疎に密に

遠砂丘はまなす一花帰り咲く

神渡し西にぽぽぽぽ港の灯

冬うらら鉄柵越しに海を見て

瞬きにふつと浮きけり冬の蝶

大いなる樹影綿虫消えにけり

モーター音枯野の景を攪拌す

鰭酒のあをき炎にまづ酔ひにけり

餌を咥へときに梟目を逸らす

朝まだき風紋を擦り緋のマフラー

ひとすぢの銀

二〇一九年

無風なる砂丘を歩む初明り

寒しじみ洗ひ上げたる光かな

蒼穹へ一段ごとに梅匂ふ

わが齢ほどの年輪あたたかし

水脈のごとしばし春睡引きずりぬ

窓際に爪立つ猫や春満月

その中にひとすぢの銀ひばりの巣
囀のうねりとなりて遠ざかる

山彦となりし銃声芽吹山

千本の桜吹雪を浴びにけり

砂浜のつづくかぎりを花大根

卯の花のこの谿が好き風が好き

万緑や真名井《まない》の水車ざぶざぶと

名水の底に貼り付き竹落葉

みづうみは原始のあをさ夏鶯

梅雨兆すわが体内に造影剤

谿底をさまよふ梅雨の蝶白し

梅雨菌どれも折られて抛られて

われに向く蛇の泳ぎのただならず

こもれびや百面相の夏大樹

尺蠖のときに虚空をまさぐりぬ
のつけから葭切の声なにごとぞ

髪切虫わが膝を得て飛び立ちぬ

いくたびも洞門の吐く秋の潮

足跡はさざなみめきて月の砂丘
潮風に吹かるる愉悦とんぼにも

きちきちのつるみたるまま跳びにけり

縄張りの中にわが家も鵙猛る

落鮎やすでに川鵜は礁占め

鳥のこゑあまた集めて冬青《そよご》の実

水中に火種の揺るる櫨紅葉

邂逅や砂丘しぐるるばかりなり

潮騒

二〇二〇年

風紋を崩し渚へ初御空

潮騒をこころゆくまで旅はじめ

巻尺のもどる勢ひ初仕事

ことごとく海鳴り返す雪の壁

花びらを漉き込み寒の水震ふ

上弦の月へ真つ直ぐ追儺の炎

砂丘へとつづく轍や鳥帰る

雉翔ちし羽音しばらくそこにあり

花冷の砂丘潮騒かぎりなし

初蝶の白き震へのとどまらず

人はみな部屋に孤立す春の昼
ゆたかなる水の世にあり花水木

みじろがぬ蝮の腹の膨れやう

ひからびし蚯蚓集団自決めく

コロナ禍を首振りとほす扇風機

火喰鳥朱夏の扉を開けに来よ

鳶が餌を思はず落とす大暑かな

脳梁に絡みつきたる灸花

沈黙の塊としてラ・フランス

自在とは乱るることよ秋茜

露の世や座すに隣席ひとつ空け

わたくしと砂丘の闇に虫すだく

柴栗の渋か指紋を消したるは
いま夢の最中か白き松葉蟹

水の階段

二〇二一年

竹藪に未生のぬくみ寒の入

地底への入口あをし竜の玉

雪降るや寝返るたびに羽搏つ音

翔つまでは木の瘤でゐる寒鴉

百段の雨音となり鬼やらひ

風紋を覆ひきれざり牡丹雪

白梅へぴたりと寄せて消防車

目貼り剝ぐ一気といふは面白し

対岸は異国めきたり霾ぐもり

ブーメランあらぬ方へと落ちて春

春水に水の階段ありにけり

コロナ禍の飢渇猫にも灯おぼろ

どうしやうも無きほどに濡れ孕鹿

手鏡に眉間の皺や春の宵

白昼の沢へなだるる梨の花
ひとところ茅花野と化す砂丘かな

聖火過ぐ五月の闇を深めつつ

烏賊墨を指にべつとり捌き了ふ

夏落葉喜怒哀楽を彩りぬ
まくなぎの離合集散とめどなし

夕蛍呼び合ふやうに浮遊せり
葭切へどの声をもて返さうか

水中より男がぬつと藻刈かな

赤鱏のおのれに倦みてひるがへる

なつかしき水の匂ひや河鹿笛

つまづきし青大将とそれつきり

水葬のごとく緋鯉の一列に
噴水を風のあやつる夕べかな

水中はこの世のくらさ未草

滴りの千の蘚苔ひかりあふ

炎天や思ふがままに砂丘攀づ

凌霄へ怒りしづかに移りたる

こふのとりしばしただよふ青田波
山萩に触れたる心変はりかな

置き去りのたましひ一つ吾亦紅

幾度も跳ねて見せたり栗の虫

牧囲ふ神火となりてななかまど

渓水を汲むに膝折る神の留守

弦の音やボジョレヌーボー酌み交はす

みづからの影とたはむれ浜千鳥

ビッグバンドジャズの余韻の冬銀河

海鳴りのときにたかぶり冬の虹

鴨翔てりわが跫音を吾も怖れ

冬眠の蛇思ひつつ巡る池

湖心

二〇二二年

テレパシーさへぎる一樹雪降れり

雪激し戦場も斯く雪降るか

雪女スマホを貸してくれと言ふ

深《しん》藍《らん》の闇の中なる寒椿

木の根明く獣は糞をはや落とし

山の湖の静寂をおほふ雪解靄

雛の曲流れはるかになほ戦火

窓越しに先づは上がれと鰊蕎麦

来年の受診予約す万愚節
花束をいだく春風抱くやうに

悼　鈴木節子先生

天上へ桜吹雪のやまざりき

春《はる》茅《かや》原《はら》水の記憶を呼び覚ます

今日はけふの約束果たしクレマチス

押し花が大辞林より緑の夜

河骨は月のかけらか水きらら

踏みさうになりし蜥蜴のつるみをり

落書のやうな鬼蜘蛛ふつと消ゆ

わが歩み遅し遅しと行々子

少年消ゆ噴水の音変はりけり

玫瑰に触れたる声のかすれかな

ひしひしと千の睡蓮せり上がる
海はるかソフトクリーム螺旋成す

炎天へ晒すほかなし自己嫌悪

ポケットにそれつきりなる落し文

蛇一本岬への道なほ塞ぐ

たはやすく夏蝶よぎる高速路

あきらかに蝮とわかるまでの距離

凌霄花小窓を塞ぎ視野ふさぐ

ほとばしる水音のあり合歓の花

一匹とはときめく数よ岩魚棲む

耽読は半眼がよし夜の秋

千発の花火待ちゐる虚空かな

揚花火夢にただよふ火の匂ひ

新涼の砂丘たましひ解放す

秋めくや湖心へつづく水の襞

その蔓で絞めてくれぬか葛の花

赤とんぼ離《さか》る風紋すれすれに

砂丘とは大き擂鉢秋澄めり

曼珠沙華白し水琴窟ひびく

棒立ちに釣瓶落しの砂丘かな

栗飯をしつかり握り栗こぼす

ななかまど目印に来よ水の精

黄落の激しき渦に巻きこまる

鳥集めこだまを集めななかまど

その中にしつとりとわれ秋霞

濃淡をきはめ連山冬に入る

麻酔にいま眠りし君よ冬の虹

湖青し星座のごとく浮寝鳥

梟に火照りし耳をあづけたり

煩悩も地髪も乏し着膨れぬ

冬怒濤原子炉今も稼動せり

万象へ年の火高く爆ぜにけり

残像

二〇二三年

氷瀑を鷹の幻影よぎりたる

掠めしは雨か火の粉か鬼やらひ

海鳥の荒磯バレンタインデー

悼 黒田杏子様

鳥雲にかの一《いち》言《ごん》を反芻す

流木に鳥の骸に霾れり

諍ひの光吹き上げ春の鴨

真上よりわれを揺さぶる藪椿

春霰の鞭にいきなり打たれけり

春興や鳥鳴くたびに身を反らす

しゃぼん玉一つが逸れて大《たい》空《くう》へ

薄墨の夜桜に酔ひジャズに酔ふ

花筏ときに激しく揺らぎけり

何か翔つ桜吹雪のざわめきに
瞑想になんぢやもんぢやの落花かな

鳴き移る目白を追ひてあらぬ世へ
さびさびと風に擦れあふ山法師

初蛍こころの浦に放ちけり

猿神か俄に揺るる花石榴

風と来て風置き去りに青葉山

夏茱萸の渋みを鳥と頒ちあふ

指に触れ尺取虫の硬直す

わが腕の静脈さぐる其は蟻か

炎天へ首真つ直ぐに人類は

サングラス砂丘たちまち月面に

我のみか鮫の浮輪に眠りしは

凭れたる岩に舟虫ゐるわゐるわ

睡蓮へ水のゆらぎのおよびけり

鼓動より少し遅れて滴れり

早暁の終の一打を鉦叩

台風の目の中にゐる終戦日

蛇穴に入るやかすかに笹の音

白昼の軽きめまひや秋の蝶

葉切り蜂の虜となりて秋薔薇

漁火と呼び合ふやうに今日の月

ちぎれ雲つらつらつらと鯊日和

轢いたのか逃げ切ったのか秋の蛇

薄原しづみ切つたるとき発火

来客に遅れて届く新豆腐

獺祭の新酒の濃《こく》や風の音

鳥笛や青を深めて山葡萄

鵙猛る声を嗄らしてなほ猛る

原人の踏みたるやうに落葉踏む

凩の渦巻く砂丘磁界めく

冬虹の残像とどめ砂丘かな

冬三日月羽あるものを覚ましけり

ボルシチを食す路地裏底冷す

鰭酒に酔ふやはるかに火のちらと

黒マフラー起き抜けの顔引き締まる

青炎

二〇二四年

元日の宵を揺さぶる此《こ》は地震か
深海はざわつく頃か雪明り

妖怪の町やひらひらひらと雪

大寒の雨に濡れゆくもの親し

空つぽの檻にいきなり春霞

忽然と百の日矢射す斑雪山

紙切れのはや春禽となる砂丘

波音にまじり雨音貽貝汁

囀の真下の幽し放哉忌

抱きしめねば何かが崩る春の星

海へ向く高層の窓篝火草

夜桜を映し羽衣池しんと

揺れやまぬ磯巾着の青炎
金鳳花もてわたくしの洞埋む

心音に消ゆるまぎはの春の虹

刃を入るる初筍のしぶきかな

若葉風孕みシーツの自在なり

樹の瘤は目玉のごとし青葉闇

離れゆくほどに高まり河鹿笛

昼深し胸に蜘蛛の子這はせおく

あとがき

この第三句集は二〇一一年から二〇二四年前半までの作品の中から、自註句集に纏めた作品を除いた三四八句を収めました。

その間、鈴木鷹夫先生と鈴木節子先生が他界され、心の空洞を埋めることの出来ない時期もありました。またコロナという未曾有の感染症により家に籠る日々が数年続きました。そのような歳月にあって、傍らに俳句があったことでそれなりに平常心を保つことが出来たのではと感じています。その俳句とこれからも向き合い、大自然と対峙することによって生まれてくる感動を如何に描写すべきか、葛藤を重ねながら励んで参りたいと思います。

句集名の「砂柱」は「寒暁の光砂柱に及びけり」から採りましたが、四季の中でも砂柱の現れる厳冬の砂丘がとりわけ好きなことにもよります。

鳥居真里子先生にはご多用の中、身に余る帯文をいただき深く御礼を申し上げます。

また、「門」の皆さまをはじめ、初学時代より何かとアドバイスをいただきました地元鳥取の足羽鮮牛氏並びに諸先輩の方々に心より感謝申し上げます。

二〇二四年七月

石山ヨシエ

著者略歴

石山ヨシエ（いしやま・よしえ）

1948年	鳥取県生まれ
1987年1月	「沖」を経て
	「門」創刊と共に入会
1991年1月	「門」新人賞受賞
	同人に推さる
1993年9月	句集『鳥雫』上梓
1994年1月	「門」同人賞受賞
2011年2月	句集『浅緋』上梓
2019年1月	自註句集『石山ヨシエ集』上梓
2021年11月	鳥取市文化賞受賞

俳人協会会員

現住所　〒680-0844　鳥取市興南町155

句集　砂柱　さちゅう

二〇二四年九月一日　初版発行

著　者——石山ヨシエ

発行人——山岡喜美子

発行所——ふらんす堂

〒182-0002 東京都調布市仙川町一—一五—三八—二F

電　話——〇三（三三二六）九〇六一　FAX〇三（三三二六）六九一九

ホームページ　https://furansudo.com/　E-mail　info@furansudo.com

振　替——〇〇一七〇—一—一八四一七三

装　釘——君嶋真理子

印刷所——日本ハイコム㈱

製本所——㈱松　岳　社

定　価——本体二七〇〇円＋税

ISBN978-4-7814-1696-0　C0092　¥2700E